Gerrit Bekker

Wachsflügels Furcht

Gedichte

claassen

1. Auflage 1982

Umschlaggestaltung: Gerrit Bekker
Gesetzt aus der Garamond der Fa. Hell
Papier: Papierfabrik Schleipen GmbH, Bad Dürkheim
Gesamtherstellung: Bercker, Graphischer Betrieb GmbH, Kevelaer
Printed in Germany
ISBN 3 546 41279 6

Von dieser Welt

morgenaber

sehr müde ist der Schnee
an diesem Tag
läßt er schon wieder Pflaster sehn,
das aus dem vorigen Jahrhundert.
Das Kopfstein –
derweil im grauen Arbeitsraum
auf Titanweißbehälter
das Haushaltslicht die Schatten in Bewegung treibt.
Ich weiß nicht, was für heute bleibt –
ich weiß nur mehr als gestern . . .

dichter

Ich bin das Kind
das aus dem Nest der Krähe stürzte –
wie Woge stürzte
ich
an einem Tag
mit schüchtern Arrr!
den Schnabel weitgerissen,
als ließe sich's Verderben
beißen.
Ich bin der Vogel, schwarze –
damals aus dem Nest
und meine Flügel brachen nicht für immer.
Hier bin ich aufgestanden,
an einer Mauerkante
bösen Buben auf das Bett
und auf die Hand zu sehn.
Bin zu verstehn. –
Ich sitze Nacht um Nacht an deinem Hause!
Mit den Gesellen auf den Feldern
vertrete ich den nächsten Tag.
Da wird der Nebel kommen weiß –
der unser Meister ist –
der uns bewegt –
den wir bewegen dürfen. –
Der Nebel, der dann Meister heißt.

Mit Frieda

Och Tante Hanna –
lot mi doch –
ik wear so gean
bi di in Waltershoff.
Den ausgestopften Fuchs zu sehn –
den Papagei,
den Kürbiskernefresser,
der wenn ich aufsah
ihn zu fragen,
– nur – Lora – kennt.
Wenn ich auf deinen Knien saß,
nahmst du
das bretterzäun'ge Ende meiner Welt
und sagtest: Hundehimmel.
Daß Gütegott
die Wesen liebt,
die er erschafft
zu aller Tageszeit –
und Waltershoff sei nicht Amerika.
Auf halber Strecke –
die Alte Liebe würd uns bringen –
da läg Cuxhafen,
wo die Elbe lange salzig schmeckt
und Hamburg,
sagtest du,
das sei das Tor der Welt
und vor der Elbe
braucht' man keine Furcht zu haben,
nur ungezogene Kinder schwämmen weit,
daß sie der Strudel packt
und ihnen nasses Grab bereitet.
Och – Tante Hanna
lot mi doch –

ik wear so gean bi di in Waltershoff,
dat du mi noch von Helgoland fatells
und warum da der Tommy wütet
un ok wie grot denn Dütschland is –
un Washinton – Allee –
wat dat bedüden schull.
Man Tante Hanna lot mi doch.
– Ik wär so gean –

An T. S. E.

Es war ein König in Thule
zu der Zeit
da das Land Wasser begehrte.
Begehrte und nicht bekam –
Begehrte und nicht bekam –
...
Derweil fiel Licht
durch fast Blindes.
Ein wenig Sand
aus einer fernen Wüste
klirrte gegen –
eine Scheibe aus Eis.

Beim letzten Ton des Zeitzeichens –
ist es genau.

Daß ich erblassen soll
das schnürt mich
daß es Verblühen gibt
das macht mich krank.
Nun bin ich schon
so viele Jahre ausgewachsen
hab Dank mein Gott
hab Dank.
Es wird sich schon noch weiter stellen
wie es die ganze Zeit gestellt
ich höre Hunde Antwortbellen
es bellt der Hund von dieser Welt
wie: ring the bell –
die Uhr soll es uns sagen . . .

Dem Unbekannten Soldaten

In Ludwigslust –
links ab, Schwerin,
fahr weiter gradeaus,
will nach Berlin,
nach unsrer bleichen Mutter sehn.
Ist das schon Branden –
oder Mecklenburger Land –
ich frag den Leutnant dort,
dem ist bestimmt bekannt,
wo wir hier sind –
am Donnerstag
schon spät

Wem sei Dank

Dem Himmel sei Dank.
Die Bäume starben im Wasser,
Nistplatz der Graugans geworden.
Über dem die Wolke der Möwen
Schreizusammenhang –
wie entstehender Donner.
Schrei und Wildruf
dem Brot
in der Tasche.
Sela –

Los–geht.

Hebt an. –
Nichts wird.
Winde mich
in der bewegten Kälte –
mittags –
und Hoffnung
ohne Unterlaß.

Glückes Vorher

sitzen und warten –
mal
ists der Doktor
dann Babsi –
will alles von mir;
wann nur
will grundbar werden
ich –
erzener Ast
durch Gestern.

Du bit mein Nora

In Dichterends da hab ich Nora wohl gesehn
in ihren bunten Strümpfen.
Das graue Kleid ganz preß
und ihre Hüfte wog
wie Hüftenwiegen.
In Novaboom da war das Stammlokal
für die die gerne reisen wollen
für jene die den Blick in Mai verlernt
die Jahreszeitenunterschiede schwanden –
da stand ich einstmals an dem Kliff
das Zelt war abgebrochen hinter mir
und hörte sie nur stöhnend sagen
in ihrem Blumenstrumpf
der Sumpf, mein Kind,
mein Kind, bist du.
Ich zehre mich seit jener Zeit
daß ich dich nicht mehr finden darf.
Sie war mein Weit und Weib und Weit
und spiele immer noch das große Büßen
und wimmer immer noch zu ihren Füßen
wann trägst du mich nach Hause.
Wann

Grundloser Kolk

Samuel Levantos –
Stein am Landheim Stein –
wirbe dich – befrate dich –
Simuel und Hein.
Mittagspforte schlage auf,
Abend ist schon nah,
Sonne wiederkehrte sich:
wirklich –
das ist wahr

Hinterher

Immer wenn meine Mutter hinaustrat –
war es früh
oder in der Späte –
bewegten sich die Vorhänge an den Nachbarswohnungen
und Lichter wurden gelöscht
um besseres Hinterhersehn
im Sterneckerweg.
Da ging sie –
ich auch einer der Heimler,
der Nachschauer,
sah ihr nach, der schönen
lebendigen Schwarzen –
wie sie Haare warf beim Gehen
oder Fuß setzte
wie helles Wasser weißen Kiesel spielt.
Selbst wir
aus der Familie sahn ihr nach –
geflüstert:
Seht –
da geht sie –

Orndlich brüllen

Nun – nun
der freie Schrei.
Zur Herzenslust
geh ich auf einen Acker
oder pull hinaus
in eine Bucht
und schrei
daß Fischer mich nicht hört –
und Hirte nicht auf hohem Berg.
Ho wie verzagt
gelingt mirs nicht
den Atem schleudern
wie –
racke Sonne weg
und nix – mit Firmament.
Ein Schrei –
daß sich das Ach erlöste
und brüll
wie nur das Weite sagen kann. –

Was nur?

Was hält mich ab
aus der Elipse mir ein Fenster rauszureißen
und dir die Tür –
zu – andermal – zu reservieren?
Nennst du mich nicht geschickt
beim Knochenbrühe sieden
da Lachen vor der Freude
manchmal Anlaß ist zu Lust, zu Lust.
Führte ich nicht
mein Schwingen
das andre Mal –
zum einen in den Garten
wo sich die linde Bank
so räusperlich benahm,
daß du mir sagtest:
hier und – heute
sei kein Bleiben –
die Weide hätt es dir gesagt.
Wo leb ich nur –
daß mich Haarwassersäufer
ehrlich Bruder nennen
um wenn die Nähe schließt
ein Dollar zu verlangen.
Faß bitte mich als Klage auf,
so wie man sagt: – ich frier.
Eisblumen –
sind in jeder Jahreszeit
von Beispiellosen nur zu bündeln –
und meine Bibliothek
schwimmt in der Wanne,
ein einzig dickes Buch aus Kork.

ach ja

Atem
ein – aus.
Wie Mauersegler
am Turm fliegt
so leicht – .
Fangen und fliegen –

Krieger und Bekommer

Und wenn es noch mehr tönt,
aus jeder Decke schreit,
ich höre nicht.
Ich hör nur,
was ich will.
Bin hier am Strand,
wo Wasserrand die Erde deckt,
den feinen Sand.
Steig auf und weg.
Ein weißes Pferd,
ein alter Krieger –
ja, der Indianerstamm
das Bison immer jagt.
Das ist die Steppe –
jedoch der freie Fall
ist Treppe.
Man fliegt nur so – mal dann und wann.

Memphis

Ptah –
vom Hügel
eine magere Kuh
zieht Hakenholz
in roten Lehm.
Was der Nil gab,
ist des Nils.
Vielleicht treff ich in Theben
Fatimah –
kurz hin
und dann
schnell ab
nach Kairo.

Friet Water

Das Wasser am Wehl
glasen –
grundbar.
Graugranitiger Guß.
Ich aber Glimpf geblieben.
Schoß Schiffchen
durch Kette
Morgenwerde weben.
Doch blieb mir noch
Werg an den Füßen.
Seiler aber tauget nicht
Leinewand machen.
Stehe so –
grinde,
daß mich der Weisel erlöste.
Liederbrumme mir –
mir,
den es übelt.

Jetzt bin ich lässig tweundörti

Was gehst du um
Trudel
mit grausamer
Willfährigkeit.
Ist immer noch nicht Zeit
zu sponsen
oder mindest
zu obliegen.
So blank nimmerst du,
daß Wilderpel neidet dir Glanz.
Schachtelige aus dem Mittem
im Geberge.
Nicht einmal alpig dein Format.
Gehst du noch öfters mit Bärbel zum Brunnen,
deren Pausback
Gespräch ist bei Bäckerjungen,
und trägst du noch
jenes Willfährige
aus Leineweb
in Abendlust
gelassen.
Sag an,
daß in Amerika die Tanten weitergilben
und alle über achtzig
bleiben
und daß es auch den Regenpfeifer
neuen Dings
nach Süden reizt . . .

Reimer Ox

Poranora Lepenos
Wein von wildem Wein,
setze dich, dich lade ich
heute zu mir ein.
Rinnekehle bittersüß,
hab es gerne herb,
sag daß ich sie immer grüß,
gestern wenn ich sterb.

Heute back ich oder braue . . .

Schön wär's
einmal –
es soll das letzte Mal nicht sein,
daß ich dich halten dürfte,
Glenda.

Möcht mit meinem Hang
an deiner Sehnsucht
Treppe finden,
Oh Glenda.

Einmal nur die Stille ausprobiert
und schon andrer Mensch geworden.

Wohin der Schatten schwindet

Besser ist es
keine Kinder haben
als den ungetreuen Schoß
Genesis zu pflegen –
lebzeitig.
Soll sich anbieten
dem Steuermann aus Schwabstedt
oder Jorgus
dem Fischer
aus Egominitsa –
dem Beamten aus Kreisstadt.
Mir aber bleibt
die Liebe
der Länder.
Sitze beim Wein und weine.
Sitze als Freier –
und sitze

Reich der Mitte

sprechen fünf Münder
alt, die Zunge aus dem Mund.
Zehn Münder sagen:
Lanze.
Werden.
Ich und denken
aus den fünf großen Auffassungen.
Dann aber Erkennen –
und sinnfrei

Nicht mehr zurück

Die trüben Wege –
von gestern.
Bald aber –
wird die Erinnerung genommen –
an falsches Glück
und zahmes Hoffen
daß ich aushalten weiß –
mit mir

Sehfahrt ist Not

Furchtloser, kennste Mehr?

Drüben Kleinbuchtende.
Piniengruppe gen Himmelgrau –
dahinter die Wasserfaust an Land geschüttelt.
Der Ostsee Welle kurz
sich Stevenhacker nennt.
Von Männern an den Küsten,
viele blieben draußen,
sagt ein Fischer.
Die Kreuzsee türmt sich auf
und eh der Rudergänger sich versieht,
ist er aus seiner Pflicht genommen,
der Plicht entrissen,
mit dem Labskausteller in der Faust
in Gurgelflut versunken –
eben noch gedacht,
er könne steuern mit der einen Hand
das starke Schiff,
das er sich bauen ließ,
Erbauung finden in den Norge-Fjorden,
Ernästus Rasmus,
Segelmachermeister, Bagenkoop.
Fahr erst mal vierkant
auf die Küste,
Sturm,
dann auch noch lebend
durch die Brandung:
da muß der Gott
schon hilf –

Unter dem roten Buchsbaum

Der wilde Schwan kam in die Bucht
und als er pfiff
in jenem Augenblick
da brach die Axt entzwei
die Hörger Randers hielt
um Buchenholz zu scheiten.

erst mal zu – dann

erst Nebel –
Schwalbetief,
dann Alleneune aus Nordost,
erst Ende Julei
wolkenlos
August schon orndlich Regen
und schwupp –
schon Spätherbst.
Erst Treueschwur
in einem Ringerfing
noch die Gravur,
dann warten wanns zu Ende.

Schimmelreiter

Dort
Backbordbug voraus
im Nebel
Kalkkliff –
Stevenfängersratsche –
brach manches Kielschwein
hörte –
manchen Kummerschrei
am Borstemast –
ein Albatros
an leichter starrer Schwinge
angebunden
und graue schnelle Schiffe
ziehn vorbei wie
schaumbedecktes Ross
vom langen Suchen
Feinde aufzudecken
am Turm Geschütze
anzuwecken
wenn sich noch einer drehen mag
um fünf vor vier
vorm Weckerschrei –
zieh doch das Segel ein
es ist vorbei
laß es vorbei –
aufs weiße Kliff.

Hotel Baltic

Hör-up-Haft
Fleisch und Sehnen
müde mit Meer.
Das Boot entwurzelt
mit dem Segel dem Winde entlaufen
gestürzt wie die Eiche
in Bucht
getorkelt an Kalkgrunds
kahles Kliff.
Da trifft uns die Leine
und der erstbeste »Markus«
nimmt uns in Schlepp
in die wartende Menge
am Hafen
Halten das Ruder hoch
– broken.
Ach so – das Ruhder

So möcht ich sein nur einen Tag . . .

Ich habe oft schon längs den Strand geschaut,
die Burgen in den Sand gestaut
und wollte weiche Zinnen gangbar tun.
Wie Sturm an manchem Tage ist,
daß Rumpf den Kopf kaum trägt,
so wollte ich,
der eher morschem Holze traut,
das Wrack bis vor die Burg mir stelln.
Und wenn die Palme wieder bricht
vom Wind
das Segel eingeholt,
dann fahr ich durch die Turmhochwelle,
an derem Kamm das Federkissen aufgeschlitzt
wie Schnee der Schaum sich streut,
und lächle.
So bin ich.
Kennt mich auch keiner so,
sag ich doch immer noch,
so könnt ich sein.

Nordnordost

Wer kann schon sagen,
was einer gelernt,
wenn armdick
die Äste der Sturm brach.
Manche Glocke schlug
an solchen Tagen,
gerechter Not anzeigen,
als den Stand der Stunde herzusagen
und in den Wellentälern
hielt die Möwe sich,
denn auch das Meer
kennt seine Schatten auszugeben.
Schwer ist es da,
mit Sätzen auszukommen,
ist mir auf Deck der Gang
zu taumelig . . .

Jakobsleiter

Ausgeworfen.
Holzkehlen an nackter Sohle.
Durchs Stevenrohr
nimmts Wasser,
stinkt aus der Bilge
und ich halt mich am Blatt
und ruckel die Schraube.
Glasnudeln in Meerwasser gekocht –
hier lagert noch Gelbkreuz.
Die Jahre mehrt sich die Qualle,
jagt in riesigen Feldern.
Schnell noch die Spring
durch das Auge geführt:
lot mi an Land . . .

Sehfahrt ist Not

Vom Land gelassen –
das Meer im Immerwogetanz
schlägt mir das Feuchte,
Gischt erlahmt als Träne,
ins Gesicht,
gedenke so der Mehrung
langer Wunsch zu halten,
daß ich befesten darf,
wie Wasser über Grund
befestigt ist.
Ich bin allein mit uns,
Nichtsnutz ist Wohlerede,
weder Stein noch Bein. –
Ergebe mich der See
nur leise hin,
so leise wie im Schlafe bin,
so leis.

Wenn der Fluß, sagt der Alte

An der Bille

Wann will Sevill
und hat so geile Lust am Untergang.
Der Boden schwer
und will nicht eine Blume tragen
neuers –
kein Fisch
im Nebenfluß
nur Überfluß aus der Kloake
treibt die wilde Gans
aus unserm Land,
mag hier nicht nisten,
länger weilen.
Gib mir doch deine Macht Johann,
du –
konnst so wunders dienen

Schweres Wasser

Ich fühl mich Fluß
wie Elbe.
Schon stumpf der Sand,
nicht grüne Alge
ist am Stein –
und Welle
flirrt nicht mehr.
So schwer ist Wasser worden
an der Oberhaut.
Da klirr ich mich in Luft
mit Silberschwinge
und laß mich ab
an jeder Uferweide.
Binse.

Schwarzes Öl

Hier Sohn.
Weißer Marmor.
Älter als jedes Wort.
Das, Sohn,
haben wir von ihren Schiffen,
von ihren hohen Häusern.
Schwarz ist der Strand vor Skaramangas,
und ißt du den Fisch hier,
bist du des Todes.
Die Olive aber am Hang,
sieh selbst, Sohn,
sie läßt die Wurzeln aus der Erde,
sich ins Meer zu stürzen.
Sohn.
Die Olive.

Höre Athanasius

Gebt Sand in die Esse!
Erst Skaramangas und das Wasser ist schwarz.
In Elefsina feines Wispern
im Mysteriengebälk.
Der verwundete Wald liegt.
Zerbröckelter Akanthus –
Kannelür ist Sonnenplatz
dem smaragdenen Dachschädel
der Echse.
In der Bucht Salamina
dümpeln die Tanker auf Reede.
Als Kind griff ich
den Oktopus vom Stein,
jagte Zipura am felsigen Grund.
Hier badet keiner mehr
auf tausend Jahr.

Hör auf zu jammern

Wohin nur mit dem schweren Traum
daß ich dem Mädchen lauer
an der Ackerfurche.
Hat sie sichs ausgedacht?
Mich auf der Matte Brunnenleberkrauts
zu treffen
daß ichs ihr ausfahr mit der losen Hand?
Ach alle Tage Schelte über Schmutz
an unsern Füßen, Platane
schon im Mai entlaubt
und saurer Regen läßt den Hecht
nach oben treiben
und alles Wasser braun ist
vom Vergehn.
Besser vielleicht zu reisen
mit dem geschlossenen Auge.
Erhöbe ich mich, den Taumel im Gang –
erkennen, daß wer wild mich drehte,
nicht staunen darf über mein Torkeln . . .

Gutes Meinen

Eben noch dacht ich,
die Stimme einzurichten
in Geschicklichkeit.
Wer sagt mir sowas?
Finden die Krähenfelder noch Luder?
Stirbt die Haubenlerche,
weil das Pferd nicht mehr
unsre Straße begeht?
Ich glaube immer noch,
daß sie wiederkehrt,
denn die Trauer ist von vielen geteilt,
und ein Schrei zieht schnell um den Globus.
Und erzogen sind wir doch –
uns zu schämen.

Abzählvers

Du Adebar,
komm doch heraus aus Schilfversteck.
Du Adebar, komm doch heraus
aus diesem grünen Tümpel.
Das ist nicht mehr, was es gewesen ist.
Du Adebar – das ist nicht mehr
das war
ein Weiher.

Der Storch, mal anders

Ach käm der Storch doch alle Jahre wieder
dann fänden auch der kleinen Kinder Lieder
noch Hoffnungssang ins Übermorgen.

Wenn der Fluß, sagt der Alte

Die Quelle im Bothkamper See,
in Rendsburg zerrüttet durch Röhren gedrängt,
von der Erde verstellt
und braun bis zum Münden.
Wenn einer in Friedrichstadt
das Wasser der Sorge noch preist,
so nur nicht zur Eider gesehn
und flach geatmet an ihrem Saum.
Dieser Fluß ist gewesen, sagt er.
Noch ist die Treene reiner, sagt er,
die Sorge klarer,
aber nicht an den Münden.
Apportiert der Friedrichstädter Hund
den Knüppel,
so setzt ihm die Eider Räude ins Fell.
Ich klage nicht, sagt er,
ich sage ehrlich:
ein durchschnittener Fluß
ein durchschnittener Hals,
Pfui Deibel, sagt er, der Alte,
wenn der Fluß . . .

Von dieser Welt II

wo – sind die Griffe im Wasser?

Gewaschener Felsen
wie Messer an Messer.
Schmeiß mich,
Woge,
über den Kamm
an das erstarrte Land,
daß mir die Hüfte schrammt
und ich entlassen bin
in deine Härte, Land.
Soll ich den Pflug
in den Felsen schlagen?
mir Nägel wunden
für die verdorbenen
Früchte im Spätherbst?
Gesang wird zu Krächzen –
die Gischt
und das Tosen den Zähnen
Schaum
am Schmelz –
und bittert den Mund in der Sonne.
Der Barsch
auch vom Wasser getragen –
zittert
nicht lange im Licht.
Stummt schnell.
Sitzplatz
und Gastmahl –
der Fliege.

Inmitten

Nun ist schon spät
lieber Hein.
Meine Beine müde
vom dahin und dahin.
Küß mich noch einmal
ehe ich mich der Geest gebe,
das verlorene Leben
den Hügeln widme.

Endliche Wiederkehr

Dann kam,
kommt jeden Tag,
ist bessres Sagen,
die Sonne auf –
und was da rötlich ist
nennt man nicht früh –
ist nur das Licht das durch die Adern scheint . . .
und was am Morgen
Tau nennt,
weint –
weil es schon wieder ist

Wie gründen?

Bin nun allein.
Am Briefrand
ragt der schwarze Farn zur Zierde,
die Hand
wie Kälberfuß
schreibt Melodie an mich:
Wie tief nur ist der See –
und hab ich seinen Grund
auch nicht gesehn,
ich weiß von ihm
und bin mir sicher.

Ich helf dir, wenn ich darf

Ist es so,
daß ich bin
anzustarren,
was andere verwarfen?
Bin wohl wie mancher auch
der letzte Schnee.
Kalt verschwitzte Füße,
ein Leib so taub
wie alte Schale.
Und oben hocherglüht ein Kopf,
Beschwichtigung den Wochentagen.
Doch heißt es eher zick und zack
und nicht gezuckt.
Gradaus gesehn und nicht gewackelt,
sich so zusammgerissen alle Zeit,
daß nur die Sehnen klingen.

wie Eims ergehen kann

immer
wenn ich auf den Tisch schlage
klingts in Moll an der Standuhr.
Feinbimmel.
Und das Grausen jagt an mir,
will mich zur Lichtung machen,
die Schonung schleifen,
in dem Alten Wald.
Und ich trag meinen Hut noch,
und ich trag.
Hat mich die Mutter verlassen
wollt ich nicht sein,
so kurz auf der Erde –
und zu und zu blaß
auf dem letzten Kissen.
Mein Papa ging zur Unzeit. –
Junger auch er im Sterben.
Und alle Nacht sucht mich,
das, was ich fürchte.
Das mein Glaubensbekenntnis
unter Allerlei führt –
sags laut:
Im Traum verlor ich meine Mutter –
fühlte mich als Waise. –
Gebt Brot, ihr Guten!
und schützet mich vor dem –
mich ruft und fahndet.

wann –

Der Last erlegen,
wahnefrei –
und Schuppendeckerleib
gibt sich der Helle.
Eines Morgens Stille.
Am Wehr flieg ich
und hochgereckt
bis mich der Schwereschwindel
packt,
hinabreißt
in den Anlaß-Aufbegehr.
Ja, werd mich fügen,
hab verstanden:
geworfen Stein
fällt
irgend
wann
zurück.

für Maria

Nun ist schon Abend –
spät,
und Sonnenrad
auf seiner Bahn
gesunken –
in den Schatten
einer Linie.
Gebeugt der Mensch –
am Anfang
und am Ende.
Gebeugt geblieben –
Geneigter bleibend:
Ich

Oktoberlich

Fand mich, die linke Seite steht im Null –
nun wieder an dem alten Platz, der alten Reihe.
Mag auch der Buchsbaum kahl
und Kranichruf nicht mehr,
ich freue mich auf Frost
und auf Sosollessein-Befinden.
Es ist mir Zeit –
das Damwild kehrt das letzte Grün
und Eichelhäherruf umsonst,
das Unterholz ist licht,
an diesem Tage auch
stirbt irgendwo ein lieber Mensch
und nimmt Erinnerung an Wagenrad
und Gunther mit hinab in Eigendunkel.
An diesem Tag geh ich wie sonst
die Fingerreihen durch
und zähle zehn –
zwei Monde noch,
dann wird das Jahr erneuert,
wie viele Jahre noch,
daß ich einander werd?

Schichtwechsel, Demitrios davor

Das Haus ist nimmer mein.
Ich bin
bin da
die Faust zu machen
in der Tasche.
Werkzeug führen –
daß
wenn ich mich nicht krümmen will
aus Stolz –
die Arbeit mich schon beugen wird.
Hier bei Titan.
Zementfabrik in Elefsina.

eternal spring

Es reckt zum Strumpfband sich
der Knecht kanns anders nit erleben
als Bubibah den Hof zu machen
feine Pracht beschreiben
wies an ihr ist.
Und ist.
Derweil steckt sich
das Bajonett in Bäuche wahllos
merk es kaum
spielt Handrow Januch doch
auf dem Fagott.
Gleich trete ich
auf das Gesims
um kühles Selter nehmen –
Straße klein
von oben sehn
und dann –
dann nehm ich Anlauf –
spring

Als der Kranke auf Heilung drängte

Sind das Sterbenstage?
Bruder Fedor?
Stirbt so ein Mensch?
Du feines Leben,
will nicht von dir lassen –
sagt der Mensch,
suchte und fand,
häufte dir's Opfer
Feinsleben.

Rheinisches

Fuhr-fahre nach Xanten.
Habe die hornige Passform zu setzen,
Lindeblatt
das Leben offen ließ.
Werde dem Freunde
bekreuzen das Wams,
daß nicht
Hagen die Saufeder senkt
in das Leben des Blonden. –
Dem Gastarbeiter
aber
waren der deutschen Wörter liebste:
nesteln –
und seufzen.

amigohome

Wenn ich nach Manhattan komm,
nehm ich die Hornpfeife,
die beidseitig blasbare,
will in die hohlen Schluchten schrilln
und hören,
ob noch Amsel Gutes schlägt.

Wenn ich nach Manhattan komm
besuch ich Rappy Brown,
der wieder Kisuaheli spricht,
und auf dem Bürgersteig erzählt,
daß Kinder klare Augen fangen
und seine weißen Haare fassen möchten.

Komm ich nach Manhattan
geh ich in Charly's Inn
und trinke coffee black
und ein Mal Rum.

Beschwörung nach Uhuru

Wäre keiner, das Geheimnis ausplaudern,
Er – der die Heimat so liebte wie Kain.
Lockte die Mama zimtspringlich
auf jeden Quak des gescheuchten Frosches –
wurde ihm leichthin zuteil,
die alten Riten erleben.
Saturn in die Höhle,
daß ich nicht abschweif
mit der derben Hand.
Das Feine fühlt nur
der das Feine fühlte.
Azunka aus den Sümpfen
Salamandas Ahnherr,
allen Gruß, denen Scheitelauge
nicht verging.
Anschluß hatten Anmoras Schatten,
alle denen Morgensonne
Elend ist.
Gebannt: Sjusoltnikan –
ist Derwar.

Mein irres Kind –
woweilestu?

Möchte mich,
verdammtmal,
bei dir entschuldigen.
Sehe alles ein.
Habe Fehler gemacht.
Echt –
Stelle mich dazu,
sag: okay.
Hast recht.
Kann jedem passiern,
ist nicht dabei.
Habe Fehler gemacht.
Gut.
Meine Fehler.
Gib dich in meine Hände, Annelene,
denn ich bin fair,
so fair.

Dienstmann

Dienststellenbeseelt
bin ich
und meine Nacht kennt keine Tiefe.
Ich beklage die Nichtanwesenheit
der Seeanemone
in unserer heimischen Fauna,
liebe den Buntschrillruf
der Papageien von Palme zu Palme
und hörte eben,
daß es in Castrop Rauxel regnet.
Ich werde meinem Dienststellenleiter respektvoll
entgegentreten
und um den Staat zu schützen,
weiß ich,
daß dieser jederzeit
gerecht in seinem Urteil ist.
Ich bin ein Teil der Funktion
und dulde keinen Blick und Gnadensuch
von unten.
Ich lieb Hermine siebzehn Jahre schon,
und unser Rind
macht bald die Mittelreife.

Große Spur
Platz für Madame

1.
Eleonore
Wenn es Zeit ist
unter das Glasdach zu kommen
in Nähe deiner Behausung
spute dich das Feingerippte zu tragen –
daß ich nicht über dich komme
so wie Georg neulich.

2.
Eleonore
Taumle ärmlich in die Nähe deines Erbarmens
nie würd ich wie – Georg
wenn über dich kommen –
dann wie der Seidenlampion
im letzten Herbst.

Nachtgedanke

Ein Mann drängt an die Mächt und findes schön,
daß unser Land wird wieder prächt.
Mal sehn obs hält,
mal sehn.
Ich geh zu Nachbar Hinz, bei Krause
und halte dem die Augen zu,
wir scherzen
Korn und weiße Brause,
zur Ruh
nur zu zur Ruh
nur zu.

Eindorflicht

Was schöne Jugend?
Unser Friseur hieß Sitte,
hab viel mit Pastorssohn gespielt,
war aufmerksamer Schüler,
bis Christa lehrte,
nicht länger Hand an mich zu legen.
Viel freier Wille im Land,
und mein Hund hetzt die Schafe.
Bald wird das Körperhaar mir grau –
bin ich im Herbst,
oder ist schon der Winter?

Stammverwandt

Der Regen macht zum Tunichgut.
Was heißt hier Freiheit
auf dem flachen Land?
Hier soll der Wind erklären –
Abtrag schaffen von der dicken Haut,
daß ich es wieder spüren kann –
verdammt, ich lebe nicht allein.
Ach Vaterherr, versiehst es
Knechtseinwoller, zum Sänger geboren,
zum Schimpfer gediehn
mit der Drohung
ans eigene Dach.

Rendsburg

Pinien im Westwind
neigen der deutschen Küste –
heiliges römisches Reich
deutscher Nation
endet in Transalbingien
kümmerlich an einem Grenzstein.

Der Amme

Wenn aber das Lamm schläft
Nebusar –
geh und steh ihm Wache.
Wider die Wölfe
und wider die große Eule.
Steh hier
im Farn
und rate.

Für David

Käme dereinst
Herr – unser
lachten die Kinder
und wollten nicht von Harfe lassen.
Träfe uns wißbar
Liebe Dein –
so wollten wir auch
aus der Verstörung geführt
immer preisen
und preisen

Fragil

Ich könnte anders sein –
ganz andres Sein,
ganz Altverstand –
die Biegung sanfter Straße,
die sich in Länge
zu den Hügeln streckt. –
Sag, liebstes Kind aus Gelberlind –
ists weit noch,
daß der Herbst die Blätter bräunend fällt?
mein Glück –
ist nicht von dieser Welt
und auch von keiner andern

-7-

Inhaltsverzeichnis

Von dieser Welt

Sehfahrt ist Not